VENTE FOURDINOIS

BEAUX MEUBLES

ANCIENS ET MODERNES

ADDITVS
NATVRÆ
IMPRIMERIE DE L'ART

CATALOGUE

DES

MEUBLES D'ART

ANCIENS ET MODERNES

En bois sculpté et en marqueterie

TELS QUE :

Crédences, de style Renaissance, l'une d'elles du travail le plus précieux
Bahuts, Tables, Buffets, Bibliothèques, etc.
Meuble à bijoux de style néo-grec, enrichi de statuettes en ivoire
Par Carrier-Belleuse
Commode de style Louis XIV en marqueterie de cuivre et écaille
garnie de bronzes dorés
Meubles à hauteur d'appui, Bureaux, Lampadaires
de style Louis XVI et autres

BELLES TABLES, CONSOLES ET CADRES

des époques Louis XIV, Louis XV et Louis XVI
en bois sculpté et doré

Tapisserie Louis XIV

Sièges de tous styles couverts en tapisserie et étoffes variées

Le tout appartenant à M. FOURDINOIS

ET DONT LA VENTE AURA LIEU

HOTEL DROUOT, SALLE N° 8

Les Lundi 24 et Mardi 25 Janvier 1887

A DEUX HEURES

Mᵉ PAUL CHEVALLIER	M. CHARLES MANNHEIM
COMMISSAIRE-PRISEUR	EXPERT
10, rue de la Grange-Batelière, 10	7, rue Saint-Georges, 7

EXPOSITIONS

PARTICULIÈRE : *Le Samedi 22 Janvier 1887*
PUBLIQUE : *Le Dimanche 23 Janvier 1887*

DE UNE HEURE A CINQ HEURES

CONDITIONS DE LA VENTE

Elle sera faite au comptant.

Les acquéreurs payeront en sus des enchères *cinq pour cent*, applicables aux frais.

L'exposition mettant le public à même de se rendre compte de l'état des objets, il ne sera admis aucune réclamation une fois l'adjudication prononcée.

Paris. Imp. de l'Art. E. Ménard et J. Augry, 41, rue de la Victoire.

Il y a vingt-quatre ans, à l'Exposition Internationale de Londres de 1862, où la France eut tant d'honneur, le jury s'arrêta longuement devant un petit meuble en bois d'ébène du style italien de la Renaissance, mais d'un raffinement de dessin et d'une perfection de travail extraordinaire, signé de M. Henri Fourdinois. On n'avait connu jusque-là que M. Fourdinois père, fondateur d'une maison d'ébénisterie qui, presque dès sa fondation, en 1835, compta parmi les mieux renommées; mais l'envoi de M. Henri Fourdinois l'emportait de beaucoup sur les œuvres mêmes de son père et le Rapport officiel qualifiait ce cabinet en ébène sculpté, incrusté intérieurement d'ivoire, d' « ouvrage du premier ordre » et de « l'une des pièces les plus remarquables de la section française ».

Depuis ce temps l'artiste a participé à bien des expositions, moissonnant partout les hautes récompenses, recueillant de tous côtés d'inappréciables suffrages, meublant de purs chefs-d'œuvre les musées, les résidences royales et les aristocratiques hôtels de l'Europe et du Nouveau Monde. Les plus grands juges l'ont déclaré à l'envi maître en son art, à commencer par Viollet-le-Duc, critique rigoureux et profond, qui écrivait, en 1867, des œuvres de M. Henri Fourdinois « qu'elles supportent de près l'examen le plus attentif, et, vues à distance, se soutiennent par l'excellente pondération des masses », et encore « qu'aucune autre production de ce genre, d'aucun autre pays, ne leur peut être comparée ». Le nom de l'auteur se trouve, de bonne heure, si bien classé entre les grands noms de l'industrie nationale qu'il revient jusque dans les conversations parisiennes comme synonyme de goût et de recherche exquise. Au cours d'un feuilleton de Jules Janin, une de ces aimables feuilles volantes où revivent les anciens échos de notre Paris, il est parlé de « ce Fourdinois qui, chez nous, est un grand artiste ». L'économiste Laboulaye, au mois de mai 1873, faisait de M. Fourdinois, en un de ses discours, l'une des incarnations très marquantes du goût parisien. De tels souvenirs j'en pourrais évoquer en foule; mais il est un trait du caractère de l'artiste qui me touche bien plus que les succès les mieux affirmés :

c'est sa croissante sévérité envers soi-même au milieu des applaudissements qui le saluent. Jamais producteur n'éleva plus sincèrement son art au-dessus des contingences et ne se tourmenta davantage du zèle de la perfection. Les longues années de continuels efforts, couronnés de continuels et retentissants progrès, loin de le blaser ou de le lasser, l'ont rendu plus purement inquiet, plus soucieux de l'ensemble, plus scrupuleux du détail, plus altéré de la soif des nuances : disons mieux, plus désespérément obsédé du double rêve de la conception épuisée et de l'exécution absolue. Pour atteindre son idéal, rien ne lui coûte : ni dépense, ni peine. Tout meuble sorti de ses ateliers peut prendre immédiatement sa place dans une galerie où il émerveillera tout le monde, excepté lui. Après de minutieuses études et quantité d'essais, ayant fait recommencer à satiété telle ou telle pièce et tiré tout le possible de soi-même et de ses collaborateurs, ce n'est encore qu'à contre-cœur que M. Fourdinois met en circulation une œuvre nouvelle, et seulement parce qu'il ne lui est pas donné de la pousser à un degré supérieur. On saura, hélas! qu'il a fait à son idéal les suprêmes sacrifices et il en rejaillira sur son nom un lustre nouveau.

Ce doit être, pour un homme de cette trempe, un

amer devoir que celui d'offrir aux connaisseurs en vente publique une précieuse série de ses ouvrages, choisis entre les plus jalousement élaborés et travaillés et qu'il se réservait. Mais M. Fourdinois peut se présenter devant les enchères le front haut, avec toute sa fierté d'artiste. Où que le destin porte ses cabinets sculptés, ses riches crédences, ses délicieuses vitrines à curiosités, ses sièges merveilleux, tous ces objets d'une délicatesse si rare et d'un si grand prix frappés à sa marque, ils diront sa louange à l'égal des chefs-d'œuvre qui, de longue date, représentent son talent aux musées des Arts décoratifs de South Kensington, à Londres, de Pesth, en Hongrie, de Hambourg, en Allemagne, et de l'Union centrale, à Paris. Quel que soit le sort des maîtres, ils n'ont jamais produit en vain.

M. Henri Fourdinois n'a pas eu un développement hasardeux. Élevé d'abord à la forte école de son père, il eut très jeune une connaissance approfondie des diverses qualités et aptitudes du bois. A sa seizième année, Félix Duban le reçoit au nombre de ses disciples et lui communique le sentiment, si vif en lui, des harmonies architecturales et l'amour de la construction élégante par ses lignes et solidement équilibrée. Deux ans après, nous rencontrons

M. Fourdinois à Londres, remplissant l'emploi de dessinateur dans la maison d'orfèvrerie Morel ; puis il revient à Paris, où il dessine d'excellents modèles pour Victor Paillard, le bronzier bien connu. Ce n'est qu'au bout de ces étapes d'apprentissage et de perfectionnement qu'il réintègre la maison paternelle, à laquelle il donne, dès 1860, la plus sérieuse impulsion. Par là s'explique le paragraphe suivant du rapport des délégations ouvrières en 1867, si amplement honorable pour l'artiste qui nous occupe : « M. Fourdinois sort des conditions ordinaires ; artiste lui-même, il a des précédents d'une incontestable valeur et d'un rare mérite. Il continue d'une manière éclatante les grandes époques des siècles derniers où l'ameublement jouait un rôle de premier ordre. »

On ne saurait dire en effet que l'individualité de M. Henri Fourdinois se soit manifestée en des innovations de style. Ses grandes pièces d'ébénisterie se rattachent, par la structure et l'ornementation, aux traditions de la Renaissance, témoin la fameuse crédence du musée de Kensington et le coffre à bijoux en bois de satiné, rehaussé d'argent, de bronze et de lapis, dans lequel le jury de notre Exposition universelle de 1878 voyait « le seul meuble original de l'ébénisterie parisienne » ; ou dérivant du goût néo-grec Louis XVI, avec d'infinis raffinements, témoin son lit en bois doré Louis XVI, à vastes draperies de 1867 [1], et différents modèles de sièges justement admirés. Mais si l'artiste n'aspire pas à créer des types inédits, c'est merveille de le voir accommoder les formes anciennes aux nécessités des programmes de ce siècle. Tout ce qu'il fait se recommande par une netteté de plan, une solidité d'assiette, une ingéniosité d'agencement, une unité harmonique de toutes les parties et de l'ensemble vraiment surprenantes. Chaque matière est employée à ravir, selon sa résistance et son apparence, à la place qu'il sied, dans la proportion qu'il convient. « M. Fourdinois a le sentiment d'un peintre, a écrit Viollet-le-Duc, car il pousse la recherche jusqu'à observer les effets d'opposition et d'harmonie qui résultent du mariage des couleurs. » Rien de plus juste; mais il faut ajouter que, dans le domaine de la décoration polychrome, l'artiste s'est montré novateur : nous lui devons un mode de marqueterie fécond en ressources. Au lieu de traiter les bois de couleur par placage, il les incruste dans un fond qu'ils traversent de part en part,

1. Fait partie de la chambre à coucher de S. M. le roi d'Espagne.

et avec lequel ils font masse, à tel point qu'il livre au sculpteur un bloc homogène, encore que composé d'éléments de rapport et que le ciseau peut fouiller franchement. Cette seule invention pleine d'avenir, et dont M. Fourdinois a maintes fois tiré parti en décorateur consommé, suffirait à lui assurer un renom durable. Combien ils sont rares ceux-là qui ont mis au service d'une idée un moyen d'expression et comme un principe neuf!

Je ne m'étendrai pas davantage sur le maître des arts mobiliers, auquel MM. Paul Mantz, Henri Havard, Paul Dalloz, Édouard Didron, Victor Champier, et bien d'autres écrivains spéciaux ont fait sa légitime part dans le mouvement actuel des arts de la vie. Mon seul but a été de lui témoigner ici la haute estime qu'il m'a dès longtemps inspirée. Verrons-nous maintenant disparaître cette maison des Fourdinois où se sont façonnés tant de meubles insignes, où se sont formés tant d'ouvriers accomplis? Je n'hésite pas à dire que ce serait un grand malheur.

Il ne m'appartient pas de rechercher le mode d'organisation qui lui rendrait sa force, mais une réflexion s'impose à mon esprit. On a souvent signalé, depuis 1878, la stagnation des arts mobiliers et l'appauvrissement du goût. Le besoin d'ateliers modèles se fait sentir. Laissera-t-on se fermer une maison si précieusement outillée, qui a des traditions si sûres et qui a donné sa mesure si noblement, et tant de fois ?

L. DE FOURCAUD.

Paris, 30 décembre 1886.

DÉSIGNATION DES OBJETS

MEUBLES ANCIENS ET DE STYLE

1 — Très beau meuble crédence, de style Renaissance, en bois de noyer, sculpté avec le plus grand soin, orné de plaquettes en pierres dures.

Il est supporté sur le devant par deux chimères ailées placées au-dessous de la ceinture et reposant sur une embase à moulures sculptées. Le panneau du fond a au centre un bas-relief représentant l'Histoire et des pilastres à deux faces ornés de trophées et de mascarons.

Le haut a quatre colonnes supportant la corniche; ces colonnes sont cannelées avec une frise d'enroulements et chapiteaux. Les deux portes du milieu avec bas-reliefs représentant la Musique et la Poésie.

De chaque côté, entre les colonnes, deux autres portes avec niches contenant les statuettes de Mars et de Minerve. Derrière ces portes, six tiroirs de chaque côté, avec incrus-

N° 1.

tations d'ivoire gravé et petits motifs en argent. Le fronton forme cartouche avec deux statuettes : la Paix et l'Abondance, assises sur des volutes. Les côtés sont ornés de panneaux et de moulures sculptées formant cadre.

Ce magnifique meuble, création de M. H. Fourdinois, se fait remarquer par la profusion et l'extrême finesse de ses sculptures et l'élégance de sa forme. Il a figuré à l'Exposition de 1867 où il a été remarqué et apprécié par tous les artistes, et a fait l'objet d'une mention spéciale. Son auteur a obtenu la plus haute récompense.

Haut., 1 m. 95 cent.; larg., 1 m. 55 cent.

2 — Beau meuble à deux corps, de style Renaissance, en bois de noyer.

Le corps du bas est à deux portes; au milieu de chaque porte, un bas-relief représentant Jupiter et Sémélé et Hercule aux pieds d'Omphale ; un mascaron sur le cintre des panneaux, et sur leurs angles un faune et une faunesse assis, en haut-relief.

Le corps du haut est composé de quatre colonnes cannelées, à chapiteaux supportant l'entablement; la frise est ornée de modillons et plaquettes de différents marbres; sur le haut, une galerie à balustres. Le coffre a deux portes, avec médaillons sculptés représentant l'Espérance et la Charité; écoinçons en lapis-lazuli; les côtés sont à panneaux à tables saillantes encadrées de moulures.

Haut., 1 m. 65 cent.; larg., 1 m. 27 cent.; prof., 62 cent.

N° 2.

3 — Bahut en bois sculpté, avec façade Renaissance composée de quatre panneaux décorés de bustes d'hommes et de femmes en haut-relief, entourés de rinceaux. Les panneaux sont séparés par des balustres surmontés de figurines.

Haut., 98 cent.; larg., 1 m. 33 cent.

4 — Riche table rectangulaire en chêne ciré, de style Renaissance; dessus marqueté; ceinture à modillons sculptés; statuettes placées aux angles formant le piètement; elles reposent sur une entretoise sur laquelle sont disposées quatre colonnes tournées et cannelées reliées par des arceaux.

Haut., 85 cent.; long., 1 m. 42 cent.; larg., 85 cent.

N° 4.

5 — Joli meuble à bijoux placé sur une table en bois de satiné, ornements en argent, bronze et ivoire, de style néo-grec.

La partie inférieure en forme de table avec trois tiroirs dans la ceinture; celui du milieu à devanture s'abattant pour faire le bureau; dans l'intérieur, une série de petits tiroirs. Elle est supportée par huit pieds reliés par des traverses; les quatre pieds de face sont ornés, haut et bas, de bronzes finement ciselés ; sur les

N° 5.

côtés, un ornement d'angle ajouré et ciselé Dans l'entrejambes, un tabouret de pieds couvert de velours bleu.

Le coffre est orné de bronzes argentés et dorés. Les ornements de la frise, des pilastres et des panneaux sont en argent massif ciselé et incrusté suivant le procédé H. Fourdinois (breveté). Les quatre angles sont pourvus de colonnes en lapis-lazuli et bronze, surmontées de statuettes ailées en ivoire, composées par Carrier-Belleuse. Sur les portes, des émaux de Gobert entourés d'ornements et guirlandes de fruits en argent ciselé et incrusté; dans l'intérieur sont des petits tiroirs et boîtes secrètes avec façades incrustées d'ivoire gravé et motifs en argent. La partie du milieu est garnie de satin. Il est supporté par quatre pieds en forme de griffe et repose sur un tapis en velours bleu brodé, placé sur le piètement.

Haut., 1 m. 65 cent.; larg., 1 m. 27 cent.; saillie, 62 cent.

6 — Bibliothèque-vitrine en bois d'ébène, à deux corps et trois portes, la partie du milieu formant avant-corps. Le corps du bas est à portes pleines; les panneaux sont ornés, au centre, d'émaux grisaille de Gobert, les encadrements incrustés de cuivre et d'étain, les pilastres cannelés surmontés d'un chapiteau sculpté.

Le corps du haut est composé de trois portes

en acier poli avec glaces ; sur la façade, quatre colonnes en ébène, cannelées et incrustées de

N° 6.

filets de cuivre, avec bracelets à tiges sculptées les reliant avec le corps ; elles sont terminées par des chapiteaux finement sculptés à jour et supportant l'entablement. La frise du haut est marquetée de cuivre et d'étain. L'intérieur, le fond et les tablettes sont garnis de velours de soie grenat avec frangette à houppes en soie.

N° 7.

Ce meuble, d'un aspect très distingué, se fait remarquer par la richesse de ses lignes et sa beauté dans sa simplicité.

Haut., 2 m. 58 cent.; larg., 2 m. 15 cent.; prof., 50 cent.

7 — Belle vitrine en ébène, à deux portes et a colonnes.

Les portes sont en bronze platiné avec ornements d'angle finement ciselés; les colonnes cannelées, à bracelets et chapiteaux finement

N° 8.

sculptés à jour; les côtés sont en glaces; les panneaux et les frises sont ornés de filets en étain incrusté.

Haut., 2 m. 10 cent.; larg., 1 m. 36 cent.; prof., 49 cent.

8 — Meuble en forme de crédence, en bois de

palissandre ciré et frisé, orné de fines moulures en bronze doré ; dans les panneaux des portes, une peinture (fleurs).

Haut., 1 m. 93 cent.; larg., 1 m. 5 cent.

9 — Commode de style Louis XIV, dite Mazarine. Ce beau meuble est la reproduction de l'original existant à la Bibliothèque Mazarine.

N° 9.

Elle est en bois noir avec incrustations de cuivre gravé, ornée de bronzes ciselés soigneusement et dorés.

Haut., 72 cent.; larg., 1 m. 33 cent.; prof., 72 cent.

10 — Grand meuble d'appui en bois d'acajou et bronzes dorés; dessus de marbre blanc, de style Louis XVI.

Ce magnifique meuble (dit Marie-Antoinette) est la copie de l'original de l'époque Louis XVI, appartenant au Mobilier national et provenant des appartements de Saint-Cloud.

Haut., 93 cent.: larg., 1 m. 75 cent.; saillie, 60 cent.

N° 10.

11 — Gaine lampadaire de style Louis XVI, fût en bois d'acajou, ornements en bronze finement ciselés et dorés, surmontée d'un buste de femme ailée en marbre blanc, sur lequel vient se placer une lampe en forme de vase. Cette lampe est en bronze ciselé et doré.

Haut., 2 m. 24 cent.

12 — Joli bureau à cylindre, de style Louis XVI,

en bois de satiné et bronzes dorés, surmonté d'une vitrine, avec étagères de chaque côté.

Haut., 1 m. 55 cent.; larg., 90 cent.

13 — Étagère sur pieds à coins ronds, bois d'acajou et bronzes dorés; les fonds avec glaces; dessus marbre blanc.

Haut., 1 m. 20 cent.; larg., 1 m. 30 cent.; prof., 40 cent.

14 — Grand buffet à étagère en noyer poli, panneaux des portes sculptés à figures, les poignées des tiroirs en bronze vieil argent, galerie à balustres.

Larg., 2 m. 40 cent.

15 — Grand buffet à deux corps avec vide, en bois de noyer poli; le corps du haut à deux portes à glaces, celui du bas à quatre portes; les deux du milieu à panneaux sculptés.

Haut., 2 m. 70 cent.; larg., 2 m. 35 cent.

16 — Grand buffet à deux corps avec vide, en noyer poli, le corps du bas à portes pleines, avec panneaux peints, une cavité sous les portes du

milieu; au corps du haut, deux portes à glaces et étagères sur les côtés.

Haut., 2 m. 75 cent.; larg., 2 m. 15 cent.

17 — Bibliothèque de style Renaissance, à deux corps à trois portes, en poirier noir poli, panneaux sculptés.

Haut., 2 m. 85 cent.; larg., 2 m. 20 cent.

18 — Petit meuble ancien à deux corps, à portes pleines, à moulures finement profilées.

Haut., 1 m. 79 cent.; larg., 95 cent.

19 — Autre petit meuble à deux corps, de l'époque Renaissance, têtes d'anges sculptées et colonnes jumelles supportées par des modillons.

Haut., 1 m. 55 cent.; larg., 1 m. 15 cent.

20 — Petit cabinet de l'époque de la Renaissance, en bois d'ébène. (En mauvais état.)

Haut., 40 cent.; larg., 35 cent.

21 — Bahut en chêne à deux corps : deux portes en bas, trois en haut; têtes de lions.

Haut., 1 m. 55 cent.; larg., 1 m. 63 cent.

N° 15.

***

22 — Bibliothèque à pans coupés, à ressauts, de l'époque fin Louis XVI, à un corps, deux portes, bois d'acajou verni, moulures cuivre poli.

Haut., 1 m. 96 cent.; larg., 1 m. 33 cent.

23 — Écran Louis XVI acajou, avec tablette.

Haut., 94 cent.; larg., 48 cent.

24 — Meuble d'appui, fin Louis XVI, acajou et cuivres dorés, à coins ronds et tiroirs; dessus en marbre blanc.

Haut., 95 cent.; larg., 1 m. 43 cent.

25 — Petite table à ouvrage, genre Louis XVI, en marqueterie de bois, bronzes dorés, têtes de béliers.

26 — Tricoteuse, bois de couleur et bronzes dorés.

27 — Autre tricoteuse en bois de palissandre verni.

28 — Armoire à trois portes à glaces, en bois de palissandre, ciré, frisé, et filets en bois de houx, boutons en bronze ciselé et doré aux portes.

Largeur de corps, 2 m. 35 cent.

29 — Armoire à glace à une porte en bois de noyer poli, colonnes à chapiteaux, corniche droite.

30 — Armoire à glace, acajou verni avec moulures en bronze doré.

31 — Lit à double face, assorti à l'armoire ci-dessus.

Larg., 1 m. 55 cent.

32 — Lit genre Louis XV, à crosses, en bois de palissandre ciré, avec ornements en bronze doré, deux dossiers égaux, une face.

Larg., 1 m. 45 cent.

33 — Lit à double face, à grand et petit dossier en bois de noyer ciré, traverse cannelée sur le petit dossier.

Larg., 1 m. 35 cent.

34 — Lit à double face, dos cintré, palissandre ciré, frisé.

Larg., 1 m. 45 cent.

35 — Porte-lampe sur trois patins, acajou verni.

Haut., 90 cent.

36 — Porte-lampe citronnier et amarante.

Haut., 90 cent.

37 — Porte-lampe, acajou verni.

Haut., 85 cent.

38 — Porte-lampe, acajou verni.

Haut., 90 cent.

39 — Meuble genre chinois, en poirier noir, avec panneaux incrustés.

Haut., 1 m. 33 cent.; larg., 1 m. 30 cent.

40 — Meuble semblable, mais les panneaux remplacés par des vitres.

41 — Paravent en laque de Chine, composé de huit feuilles décorées sur les deux faces.

Haut., 2 m. 10 cent.; larg., 55 cent. (Chaque feuille.)

42 — Coffre japonais à pieds sur un socle, portes à coulisses, panneaux découpés à jour.

Haut., 1 mètre; larg., 1 m. 13 cent.

MEUBLES EN BOIS SCULPTÉ

DES ÉPOQUES LOUIS XIV, LOUIS XV ET LOUIS XVI

ET DE STYLES

43 — Belle table de l'époque Louis XIV, en bois doré, dessus marbre brèche.

La ceinture est ornée de rosaces sculptées dans la masse ; en dessous, sur les faces et les bouts, motifs sculptés à jour ; les pieds sont à quatre faces sculptées et ajourées, ils sont reliés par un riche entrejambes. (Cette table a été restaurée.)

Haut., 82 cent.; long., 1 m. 26 cent.; larg., 55 cent.

44 — Riche table de style Louis XIV, bois de tilleul, sculpté pour être doré.

Cette belle table, d'une grande richesse de sculpture, est la reproduction de l'original, provenant de l'ancien château de Bercy, appartenant au Mobilier national.

Long., 1 m. 92 cent.; larg., 1 m. 10 cent.

45 — Écran Louis XIV, sculpté sur les deux faces, garni de lasting, impression fleurs.

Haut., 1 m. 15 cent.; larg., 84 cent.

46 — Console de l'époque Louis XIV, en bois de chêne teinté, dessus rectangulaire sur quatre pieds à faces sculptées, reliés par un entre-jambes.

Haut., 79 cent.; larg., 1 m. 5 cent.; prof., 54 cent.

47 — Petite console à suspendre, de l'époque Louis XIV, en bois doré, avec mascaron.

Haut., 47 cent.; larg., 40 cent.

48 — Autre semblable, mais à ornements.

Haut., 43 cent.; larg., 42 cent.

49 — Deux très jolis cadres de l'époque Louis XV, en bois doré, contenant des photographies de dessins anciens.

50 — Joli cadre religieux de l'époque Louis XIV, en bois doré, avec Christ en bois de poirier d'un beau travail.

Haut., 83 cent.; larg., 51 cent.

51 — Cadre de l'époque Louis XIV, en bois sculpté et doré.

Haut., 81 cent.; larg., 65 cent. (Fond de feuillure.)

52 — Cadre Louis XIV, bois sculpté.

Haut., 66 cent.; larg., 51 cent. (Feuillure.)

53 — Cadre Louis XIV, bois sculpté.

Haut., 52 cent.; larg., 47 cent. (Feuillure.)

54 — Beau buffet du temps de la Régence, à deux corps à deux portes pleines, celles du bas à coins sculptés, celles du haut sont ornées de moulures et ornements finement travaillés pris dans la masse, les coins sont arrondis avec ornements. La corniche se compose de moulures à profil et mascaron au centre.

Haut., 2 m. 95 cent.; larg., 1 m. 50 cent.

55 — Petite console du temps de la Régence, en bois doré, sans marbre.

Haut., 86 cent.; larg., 80 cent.

56 — Belle console du temps de Louis XV, en bois doré ; dessus marbre Languedoc veiné.

Haut., 95 cent.; larg., 1 m. 26 cent.

57 — Petite console à suspendre, de l'époque Louis XV, sans marbre.

Haut., 71 cent.; larg., 60 cent.

58 — Console de l'époque Louis XV, en chêne teinté, marbre brèche violette.

Haut., 81 cent.; larg., 71 cent.

59 — Jolie console de l'époque Louis XV, en bois doré, dessus marbre blanc.

Haut., 86 cent.; larg., 80 cent.

60 — Belle et grande armoire de l'époque Louis XV, à deux portes pleines ornées de sculptures ; la corniche est formée de moulures profilées et

sculptées, au milieu, un cartouche sculpté à jour; aux coins sont des ornements en forme de cul-de-lampe. Belle serrure à bascule.

Haut., 2 m. 95 cent.; larg., 1 m. 65 cent.; prof., 65 cent.

61 — Magnifique console de l'époque Louis XVI, bois doré; dessus marbre blanc.

La frise est composée de branches de roses entrelacées, les ressauts à rosaces, les moulures à rais de cœur et perles; en dessous sont suspendues d'admirables guirlandes de fleurs qui ornent toute la façade; quatre pieds à cannelures torses avec tigettes dans les canaux; dans le haut, des feuilles groupées en forme de chapiteaux; dans le bas, feuilles et culots; riche entrejambes sculpté, sur lequel reposent de splendides branches de roses se redressant en forme de couronne.

Haut., 97 cent.; long., 33 cent.; larg., 1 m. 43 cent.

62 — Riche console de style Louis XVI, bois sculpté et doré, à huit pieds reliés par des guirlandes de fleurs; dessus marbre blanc statuaire.

La frise est formée de postes avec culots finement sculptés et ajourés; les ressauts, au-dessus des pieds, sont ornés d'une couronne de lauriers se détachant sur un fond levé. Au centre est un médaillon à figure de femme entouré de fleurs et de perles. La tête des pieds à volutes, avec rosaces dans l'enroulement; de ces rosaces

N° 62.

partent des guirlandes de fleurs qui parcourent toute la façade du meuble. Les pieds se continuent en fûts droits avec fonds levés sur les côtés. La façade à canaux et tigettes, feuilles et griffes à la base; ses pieds sont reliés au bas par une entretoise où repose un vase à profils sculptés, auquel s'attachent des branches de roses qui s'étalent sur l'entrejambes.

Cette magnifique pièce a figuré à l'Exposition de 1878.

Haut., 1 mètre; larg., 1 m. 60 cent.; saillie, 38 cent.

63 — Charmant écran de style Louis XVI à médaillon, bois sculpté, peint blanc et or, garni de velours; tablette s'abattant; store en taffetas à sujet; sur la traverse du bas, un petit coussin en velours cramoisi.

Haut., 1 m. 25 cent.; larg., 44 cent.

N° 63.

64 — Torchère de style Louis XVI, bois sculpté peint blanc, avec rehauts dorés.

La base est composée d'un socle triangulaire, sur lequel reposent trois enfants tenant dans les mains des guirlandes de fleurs qui les relient entre eux; ils sont adossés à la base du fût de colonne; ce fût est à profils de moulures, tourné et sculpté, il se termine par un chapiteau et supporte un bouquet de neuf lumières, composé de rinceaux en bronze soigneusement ciselé et doré.

Haut., 2 m. 82 cent.

N° 64.

65 — Petite console demi-ronde de l'époque Louis XVI, en bois doré; sans marbre.

Haut., 82 cent.; larg., 60 cent.

66 — Autre console demi-ronde de la même époque, sur quatre pieds à chapiteaux ; sans marbre.

Haut., 85 cent.; larg., 86 cent.

67 — Lit de l'époque Louis XVI, bois peint gris ; baldaquin sculpté, supporté par deux colonnes.

68 — Panneau Louis XIV blanc et gris.

Haut., 1 m. 86 cent.; larg., 1 m. 71 cent.

69 — Panneau du temps de la Régence, peint blanc et gris.

Haut., 2 m. 30 cent.; larg., 1 m. 15 cent.

70 — Panneau Louis XIV gris et blanc.

Haut., 1 m. 10 cent.; larg., 1 m. 5 cent.

71 — Deux panneaux Louis XIV gris et blanc.

Haut., 1 m. 16 cent.; larg., 1 m. 3 cent.

72 — Panneau Louis XIV gris et blanc.

Haut., 1 m. 10 cent.; larg., 1 m. 3 cent.

73 — Petit dessus de porte Louis XIV, peint gris et blanc.

74 — Petit dessus de porte Louis XV, peint gris et blanc.

75 — Deux panneaux Louis XVI, branches de lis entrelacées, chêne noirci.

Haut., 1 m. 37 cent.; larg., 50 cent.

76 — Fronton de meuble de l'époque de la Renaissance.

77 — Deux dessus de porte Louis XV, peints gris et blanc.

78 — Panneau du temps de la Régence, bois peint.

Haut., 2 m. 32 cent.; larg., 1 m. 14 cent.

79 — Panneau Louis XV, bois peint.

Haut., 2 m. 32 cent.; larg., 1 m. 41 cent.

80 — Fragment de chimère Louis XIV (première époque), bois doré.

81 — Deux grappes de fleurs et fruits Louis XIV, bois doré.

82 — Deux dessus de portes Louis XIV, bois doré sur fond peint gris.

83 — Dessus de porte Louis XIV, bois de chêne sculpté.

84 — Petit panneau Louis XVI, bois sculpté, feuilles de chêne.

85 — Beau groupe d'enfants et de dauphins prove-

nant d'une grande console de l'époque Louis XIV en bois doré.

86 — Deux pieds de côtés de grandes consoles Louis XIV, bois doré.

87 — Haut de tabernacle en forme de vase Louis XVI, bois doré, à têtes d'anges et figures.

88 — Petit panneau de l'époque Louis XVI, rinceaux finement sculptés, encadré dans une moulure.

Haut., 25 cent.; larg., 41 cent.

89 — Autre panneau semblable, plus petit.

Haut., 25 cent.; larg., 35 cent.

90 — Applique d'angle de l'époque Louis XIV, bois sculpté, découpé et doré, à une lumière.

Haut., 90 cent.

91 — Deux candélabres de l'époque Louis XVI, bois sculpté, serpents et rinceaux, peints gris.

Haut., 71 cent.

92 — Torchère de style Renaissance, bois sculpté, peint blanc et doré.

N° 92.

La base est triangulaire, formée par trois chimères réunies par des ornements et supportant un profil de colonne sur le haut duquel repose un bouquet de neuf lumières composé de rinceaux en bronze ciselé et doré.

Haut., 2 m. 82 cent.

93 — Console de style Louis XV, bois doré, marbre vert.

Haut., 97 cent.; larg., 1 m. 45 cent.

94 — Petite console-applique de style Louis XVI, blanc et or, très finement sculptée, ornée de draperies en velours brodé.

Haut., 27 cent.; larg., 32 cent.

95 — Petite console-support, genre Louis XV, en bois doré.

Haut., 21 cent.; larg., 19 cent.

96 — Console de style Louis XIV, bois sculpté pour être doré. (Sans marbre.)

Haut., 1 mètre; larg., 1 m. 25 cent.

97 — Deux glàces avec cadres de style Louis XIV, bois sculpté, doré. (Une cassée.)

Haut., 2 m. 55 cent.; larg., 85 cent.

98 — Autre glace de même style, cadre sculpté et doré à plates bandes.

Haut., 1 m. 78 cent.; larg., 95 cent.

99 — Glace avec cadre de style Louis XVI, bois sculpté doré.

Haut., 1 m. 33 cent.; larg., 90 cent.

SIÈGES ANCIENS

100 — Bois de fauteuil Louis XII, à pieds tournés, reliés par un X, bois de noyer.

101 — Bois de fauteuil Louis XIII, à pieds carrés, reliés par un entrejambes à X, bois de noyer.

102 — Deux grandes chaises portugaises en noyer, couvertes de cuir ciselé, gros clous cuivre et clochetons.

103 — Bois de grand fauteuil Louis XIV, ancien, dit archevêque, en hêtre teinté.

104 — Fauteuil de l'époqne Louis XIV, en bois doré, canne dorée.

105 — Bois de fauteuil de même époque, pieds et ceinture sculptés, bois de hêtre.

106 — Fauteuil de l'époque Louis XV, en bois doré garni en blanc. (A été réparé.)

107 — Bergère de l'époque Louis XVI, à dos carré, rais de cœur, bois peint.

108 — Autre bergère de la même époque, à perles et rais de cœur, bois de noyer teinté.

109 — Bergère de l'époque Louis XVI, à colonnes détachées, peinte blanc et or.

110 — Bergère de même style, consoles à feuilles, peinte blanc et or.

111 — Petite bergère de même style, à médaillon, peinte blanc et or.

112 — Joli bois de fauteuil Louis XVI, à médaillons, bois teinté.

113 — Joli bois de fauteuil Louis XVI, à médaillon, bois teinté.

114 — Joli bois de fauteuil Louis XVI, à médaillon, bois doré.

115 — Bois de fauteuil, époque Louis XVI, bois peint.

116 — Bois de fauteuil, époque Louis XVI, bois peint.

117 — Bois de fauteuil Louis XVI, à médaillon, bois laqué.

118 — Bois de fauteuil Louis XVI, peint vert d'eau.

119 — Bois de fauteuil Louis XIV, noyer.

SIÈGES DE STYLE

120 — Fauteuil de style Renaissance, en bois de poirier noir, à pieds tournés reliés par des traverses, bras recourbés terminés par des têtes de chimères finement sculptées, couvert de velours de Gênes à nuances éteintes, franges et clous dorés.

121 — Chaise demi-légère, de style Renaissance, en poirier noir, couverte de velours de Gênes à rayures sur fond vieil or.

122 — Chaise de style Renaissance, bois peint blanc et or, couverte de lampas.

123 — Fauteuil de style Louis XIII, en poirier noir, pieds tournés reliés par des traverses, bras recourbés terminés par des ornements sculptés, couvert de tapisserie à la main, franges et clous dorés.

124 — Autre fauteuil de même style, en bois de noyer, couvert de velours rouge, clous dorés et franges.

125 — Fauteuil de style Louis XIV, bois peint gris, couvert de tapisserie d'Aubusson représentant le portrait de Louis XIV.

126 — Fauteuil de même style en bois doré sculpté (meuble de l'ancien Conseil d'État), couvert de tapisserie d'Aubusson : Fables de La Fontaine.

127 — Chaise assortie au fauteuil ci-dessus.

128 — Grand et riche fauteuil de style Louis XIV, en bois doré; les pieds sont à quatre faces sculptées et reliés par des traverses, les bras à crosses et manchettes garnies ; il est recouvert d'une très belle et très fine tapisserie d'Aubusson à fleurs sur fond cannetillé vieil or et rouge.

129 — Fauteuil de style Louis XIV, noir et or, garni en blanc.

130 — Fauteuil de style Louis XIV, en bois de poirier noir sculpté, couvert de tapisserie à la main.

131 — Fauteuil de style Louis XIV, bois sculpté et doré, couvert de velours de Gênes.

132 — Fauteuil de style Louis XIV, bois doré et sculpté, couvert de satin violet avec applications et broderies

133 — Joli fauteuil de style Louis XIV, en bois de noyer rehaussé d'or (ce fauteuil est la copie du meuble ancien appartenant au Mobilier national); il est recouvert de tapisserie d'Aubusson très fine : Dauphin et Renard.

134 — Fauteuil de style Louis XIV, bois doré, sculptures fines, couvert de velours de Gênes cramoisi, fond crème.

135 — Grand fauteuil de style Louis XIV, bois doré, pieds sculptés sur quatre faces, reliés par des traverses, couvert de velours de Gênes.

136 — Fauteuil de style Louis XIV régence, bois finement sculpté et doré, recouvert de tapisserie très fine d'Aubusson, à personnages.

137 — Chaise de style Louis XIV, en bois d'ébène et bronzes dorés, couverte de brocatelle cramoisie.

138 — Chaise de même style, en bois noir et bronzes dorés, couverte de lampas.

139 — Jolie chaise légère de style Louis XIV, bois sculpté doré ; couverte, siège et dos, de tapisserie d'Aubusson, attributs et fleurs.

140 — Autre chaise de même style, bois de poirier noir, le fond couvert de velours de Gênes.

141 — Chaise, bois doré ; couverte, siège et dos de velours de Gênes.

142 — Chaise, bois doré, le fond couvert de velours de Gênes.

143 — Fauteuil de style Louis XV, bois doré, garni en blanc.

144 — Fauteuil bas, dit Jarretière, de style Louis XV, bois sculpté doré, couvert de lampas, fond jaune.

145 — Chaise de style Louis XV, bois noir et amarante, avec bronzes dorés, couverte de brocatelle à fleurs.

146 — Jolie chaise de même style, en bois d'érable, siège et dos cannés.

147 — Fauteuil de style Louis XVI, à médaillon, en bois doré sculpté, couvert d'une très fine tapisserie d'Aubusson, à fleurs et ornements sur fond rose.

148 — Petit fauteuil, bout de pieds, de style Louis XVI, bois doré sculpté, perles et rais de cœur, couvert de lampas ancien, rayures, fond jaune.

149 — Très riche fauteuil de style Louis XVI, bois doré très finement sculpté, couvert de satin brodé, volatiles et animaux.

150 — Fauteuil de style Louis XVI, bois doré sculpté, couvert de tapisserie d'Aubusson très fine, représentant Junon.

151 — Fauteuil de style Louis XVI, bois sculpté, noir et or, couvert de tapisserie d'Aubusson.

152 — Petit fauteuil de style Louis XVI, bois sculpté, rais de cœur et perles, hêtre teinté, rehaussé d'or, couvert de tapisserie à la main, petits points, fond maïs à dessins bleus.

153 — Fauteuil de style Louis XVI, noyer couvert de tapisserie d'Aubusson, dessins bleus, tourterelles et attributs.

154 — Jolie chaise de style Louis XVI, en bois doré sculpté, têtes de béliers sur le cintre, couverte de satin bleu finement brodé.

155 — Chaise de même style, en bois de hêtre teinté, rehaussé d'or, le fond couvert de satin prune, brodé.

156 — Autre chaise, bois peint blanc et or, panneau sculpté à jour au dossier, le fond garni de satin brodé bleu ciel.

157 — Chaise de style Louis XVI, en bois doré, couverte de velours bleu.

158 — Chaise de même style, dos à lyre, couverte de lampas.

159 — Chaise bois de rose et bronzes dorés, couverte de lampas.

160 — Chaise de salle à manger, en bois de noyer, couverte de maroquin grenat gaufré et doré.

161 — Chaise à coussin, couverte de toile brodée, bandeau de ceinture lambrequiné à franges.

162 — Tabouret haut, bois doré, garni en blanc.

163 — Bois de chaise de style Louis XIV, en noyer ciré.

164 — Bois de fauteuil en hêtre, de style Louis XVI, à dos carré, cartouche sur le dossier.

165 — Bois de fauteuil bas, style Louis XVI, à médaillon ovale, laqué blanc et or.

TAPISSERIE ET OBJETS VARIÉS

166 — Tapisserie Louis XIV, riche bordure, fleurs et ornements, sujet représentant une scène de sacrifice, tirée de l'histoire romaine.

Haut., 3 m. 74 cent.; larg., 3 m. 56 cent.

167 — Haut de grille en fer forgé, de style Renaissance (ancien).

168 — Deux panneaux en émail cloisonné du Japon, dans des cadres, moulures bronze doré.

Haut., 48 cent.; larg., 53 cent.

169 — Bas-relief en poirier : le Jour.

Haut., 50 cent.; larg., 34 cent.

170 — Deux bas-reliefs en noyer : l'Abondance et la Paix.

Haut., 42 cent.; larg., 30 cent.

171 — Deux bas-reliefs en poirier : l'Abondance et la Paix.

Haut., 42 cent.; larg., 29 cent.

172 — Deux bas-reliefs en noyer : le Jour et la Nuit.

Haut., 42 cent.; larg., 30 cent.

173 — Deux tableaux marqueterie, représentant une corbeille de fleurs.

174 — Deux cadres bois noir, contenant les portraits d'Albert Durer et Hans Holbein, en marqueterie de bois de couleur en relief.

175 — Beau vase de style Renaissance, en pâte tendre, décoré par Paul Avisse, de la manufacture de Sèvres. Il est monté sur un socle à quatre griffes en bronze doré, les anses sont à figures de femmes et se terminent par un ornement en forme de volute.

Haut., 90 cent.

176 — Deux petits miroirs à main, très finement sculptés, d'après Stéphanus.

177 — Curieux panneau en bois de couleur du XVIe siècle, représentant le Chevalier de la Mort; il est dans un cadre en bois noir.

178 — Paire d'appliques, de style Louis XVI, à deux lumières, avec guirlandes de fleurs et grappes d'après un modèle ancien, en bronze finement ciselé et doré au mercure.

179 — Paire d'appliques de style Louis XVI; dans le haut du cornet, un petit aigle.

www.ingramcontent.com/pod-product-compliance
Ingram Content Group UK Ltd.
Pitfield, Milton Keynes, MK11 3LW, UK
UKHW020440180726
13839UKWH00004B/1569

9 782329 583600